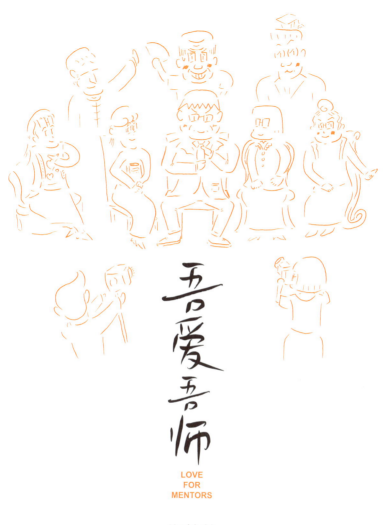

吾爱吾师

LOVE
FOR
MENTORS

郑敦芙
著绘

春风文艺出版社
·沈阳·

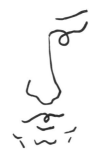

DUNFU COMICS

敦芙漫画

写在前面的话

　　谨以《吾爱吾师》致生命中那些可敬可爱的老师！

　　在懵懂人间存上一个角落，聊放无名的花。

　　是一蓑烟雨任平生的豁达；是心心念念，后来见了发现也不过如此，却仍心怀热爱的庐山烟雨浙江潮。

　　吾师所植之长松，如今已苍翠如盖了吧！

郑敦芙

2024年10月10日

目录
contents

历史老师召召的人生观

韬略贝贝

有里儿有面儿的强哥

别开生面的物理学考课

大道至简龙泉先生

嗷斯卡咆哮帝"震"老师

球球有话说

金老师与"谁都不会少"

历史老师
召召的人生观

高二分选考班，召召成了我们历史老师。她来自塞上江南，在当地重点中学当老师近十年后，怀抱崇高理想东南飞来我们学校。目前看来，她的理想之火依然燃烧。

可能是为了孩子们，也可能是看透了人生，她至今未嫁。

她有一套成型的人生哲学，时常带给我们新的感悟。

守时的故事

　　我发现有些同学不及时来上课，可也不是迟到很久，而是擦着上课铃晚几秒钟进教室。我认为这种行为应该及早制止了。

我们上大学那会儿，有一天下暴雨，同寝室几个人都想着要不别去上课了，我经过激烈的思想斗争还是去了。

那天雨真大，我穿着拖鞋，地上的激流哗的一下把我的鞋给冲走了一只，我最后就是趿拉着一只鞋去上的课。

我赶到时，教室里加上我就三名同学。我们都以为老师肯定不会来了，准备自习。

结果课前五分钟，老师到了，东东大学的老教授，浇得跟落汤鸡一样。

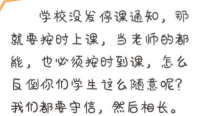
学校没发停课通知，那就要按时上课，当老师的都能，也必须按时到课，怎么反倒你们学生这么随意呢？我们都要守信，然后相长。

她发现只有我们三个人，很生气。

这话我一直记着，到现在也忘不了。

我想把这句话送给同学们，
请大家以后按时上课。

学习的故事

　　有同学私下讨论"学历史有什么用"这个问题。我觉得可以延伸到"学习有什么用"这个终极话题。

　　的确，我们最终走上社会，会发现学校教的很多东西看似没什么用，但我还是可以说一下学习的作用。

第一，学习可以让你更客观地规划未来。

　　我当老师没多久就教到一个学生，家里富裕，妈妈做家电生意，当时他家里想让他继承家族企业。

他这个人成绩很好，但人很桀骜，
有空就捧着《资本论》看。

有一天他看到兴起，突然跑到班级后面的黑板上写
了一句："打爆资本家的大头。"

打爆资本家
的大头！

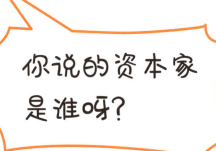

我就打电话给他妈："你儿子要打爆你的大头。"
他还说："就是她！就是她！"

然后我就跟他妈商量，他这个性格不太适合做生意，还是适合做学者，让他好好学历史吧。

后来我又跟他妈沟通了几次，终于说服了她。

后来这个学生终于长大，现在已经在大学做老师了。

第二，不是刻苦的人才能学习，而是学习会让人变得刻苦。

我上高中的时候不爱学习，晚上过了十点就打死也不学了。我爸要求我必须坚持过十二点，我就跟他撒娇，撒娇不行就撒泼。听到没，你们用的招数我也用。

然后有一天晚上，我跟我爸大吵大闹的时候，他一把拉住我，让我坐到他摩托车的后座上，说要载我去我的高中看看。

我的高中是一所县级中学，有些同学是周边偏远农村考上来的，平时住校。哎呀，大半夜的你们真该去看看，我可没骗你们哪，整栋宿舍楼的一楼自习室灯火通明，坐满了埋头苦学的孩子。

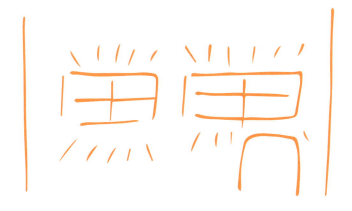

而我的一个同班同学，就站在路灯下面背书，哇哇背呀！那时候都是暑天了，他头顶有一大团蚊子，要换你们早被吓跑了吧，可他真的就不在意，只顾大声背书。

　　从那以后，我学习再也不敢喊苦了。

而且，现在不管选学什么科目，你将来都是要就业的。我们班大多数同学都没有一出生就在罗马，那你将来总要面临各种选拔，而许多选拔都离不开对历史知识的了解和分析。你还问我学历史有什么用，现在你不背，将来你也得背！

　　好了，现在开始背书，五分钟后默写！

考试的故事

每次考完试讲卷子，历史老师都会严正指出学历史和考历史的差别。

还有，同学们，"是"和"一定程度上是"不是一回事，以后说话做事都要注意这一点！考试的时候尤其要注意！历史学家都不肯定的事你就不要肯定了。

说到史实题，你不要评论它，直接写你背的就行了。史实是事实的一种，OK?

说到这个我就特别生气，你没背明白你别蒙啊！

把"那尔迈调色板"写成"那迈尔调色板"的我就认了，分不清印加帝国版图和阿兹特克帝国版图的我也认了，但这都把伊朗高原包进去了，摆明了是亚历山大帝国，为什么还写罗马帝国？！

　　而且还有一位同学，我也不说是谁了，三个空全写罗马帝国！撒网打鱼，逮着谁是谁呀？！

还有几位同学，名字都写对了，顺序是乱的！

　　小笼，你是最可惜的！顺序都写对了，但你为什么要把亚历山大写成鸭梨山大？！你是手滑了还是在试卷上释放压力呀！

最让人无语的，让你评价慈禧观点那题，你不会可以写写套话呀！具有封建性质啦，不符合基本国情啦，无法挽救民族危机啦……

可，你写她是个坏女人是什么意思？！

当然了，话说回来，小考你没背明白空就空着吧，但是大考你不会该蒙还是要蒙！

不过你们不要断章取义！有的同学别的没听进去，就听见最后一句，然后到处去说："我们老师说了，考试不会可以蒙！"

你要敢这样，别说历史是我教的！

真是……好了，第一题不会的举手！

哗——

爱情与事业的故事

　　最近我发现很多同学不好好学习，还早恋，这让我想起了我的初恋。我高二的时候，坐在我前面那个男生的侧颜特别帅。

　　于是我买通了我前面那个女生和她换了座位，不久以后我和那个男生就成了朋友。我们时常读同一本书，头挨得很近。

然后过段时间我意识到自己变了，失眠若干个夜晚之后，我坚决要求我妈给我转学，她问我为什么，我打死也不说。

　　后来我转学了。之后这很多年，我都从未问起过曾经的那个男生怎样了。

长大以后的某一天，我妈问我为什么当时非得转学，我就把这事告诉了她，我妈说："你呀！你呀！你是险些害了自己又误了别人哪！"

现在我告诉你们这件事，就是因为你们有过的想法我也有过，我不想你们重蹈我的覆辙！好了，学习吧！

我告诉你们，你们现在好好学习，将来对你们找对象也有好处。

我们这些工作稳定的老师可是相亲市场的抢手货！校长隔三岔五就要拉我去相亲，对方都有稳定工作，最差的也是个有稳定工作的老师。

但如果你将来有了出息，
你就可能成功。努力学习吧!

当初我考编上岗做老师的时候还以为自己有多厉害，以为世界那么大，应该去看看。

于是有一天，我放弃了事业编，拿起了"企业编"。我以为我得到了自由。

然后突然发现就业市场愈发紧张。我心心念念的自由是很多人拼命想摆脱的困境。

网上有一句话说得好："宇宙的尽头是……"

将来吃喝不愁的你，一定会感谢现在努力的自己！

琐事和其他小故事

我的历史老师并非完人。

比如她课下有时候喜欢跟别的老师交流一点小八卦。

这让我想起了沈从文《社戏》里的一句话——"妇女们把扣双凤桃梅大花鞋的两脚，搁在高台凳踏板上，口中嘘嘘的吃辣子羊肉面；或一面剥葵花子，一面谈论做梦绩麻琐碎事情。"越想越形象。

再比如她对成绩好的同学，课上课下从不吝惜赞美之辞。

看人家大号，裸分就上90了，再看看你们，为什么赋分了还不到70？唉，你们这个默写真的让人伤心哪！别跟我说你背不会，人家笋笋为什么就能次次全对！你扪心自问一下。

而像我这样资质平平的去问她问题，她有时会以开会为由跑掉，要是没跑掉就会吐槽我的问题低级。

她一般一句都不会非议学校的安排，更不会吐槽校领导。"开会"是她极少数可以一吐心中郁闷的借口，她甚至还会借这个机会说一两句她平时不敢说的校领导。

她对待上课和改作业以外的事情经常秉持一种很懒的态度。

比如，她是高中阶段唯一要求课后休息时间问问题最好通过微信，而不要通过钉钉的老师。后来她解释说钉钉让人有压迫感，因为看过马上有记录——未读肯定不好，已读不回就更不好。

而微信就让人舒服很多，你可以提问，当然她没回也可以理解。于是通过微信问她问题的同学十有八九是收不到回信的。

再比如，她经常说自己有事，然后把一摞教案扔到某个"逆来顺受"的小同学桌上，求他帮自己把东西搬回办公室；或者喊住某位正准备去打球的同学去办公室帮她取车钥匙……

有时她会顺势卖一个表示感谢的嗲。她不嗲还好，一嗲反而产生一种很恐怖的效果。不过，谁心里还不住着一个小孩呢！

她坚守一些非常神奇的事情。比如说使命。

因为信奉张载那句"为往圣继绝学，为万世开太平"，她一直把全部精力放在教书育人的使命上，这可能是她至今单身的原因。一个恋爱中的男人会希望对象把注意力放在自己身上——但那可不行！

她还笃信中医。

　　自从发现我懂一点点这方面的知识后，她就缠着我给她把脉，还热情地就此事发表了很多意见和向往。她的语速太快，以至于我都没来得及纠正她：她眼中的中医不是真正的中医理疗，而是魔法的城堡。

像所有爱美的女生一样，召召也喜欢打扮自己，主要是化妆和弄头发。可能是因为这两样比买衣服性价比高一点！

　　当你在走廊上，远远地闻到一股自信的香水味，你就知道她走过来了。

　　她的脸上扑着精心调和的粉，眼睛粘着假睫毛，头发还染成由黑到棕的渐变色……

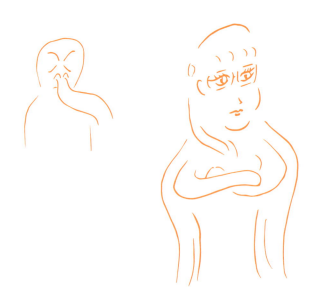

但不知怎的，仔细看她精心打扮的造型，居然让我想起电影《鼠来宝》里那只戴着眼镜、穿着蓝色毛衣的小花栗鼠。

然后某天她上课训话时，我又想到了这一点，不由得笑出了声——

没有，老师，
我就是觉得你说得太好了。

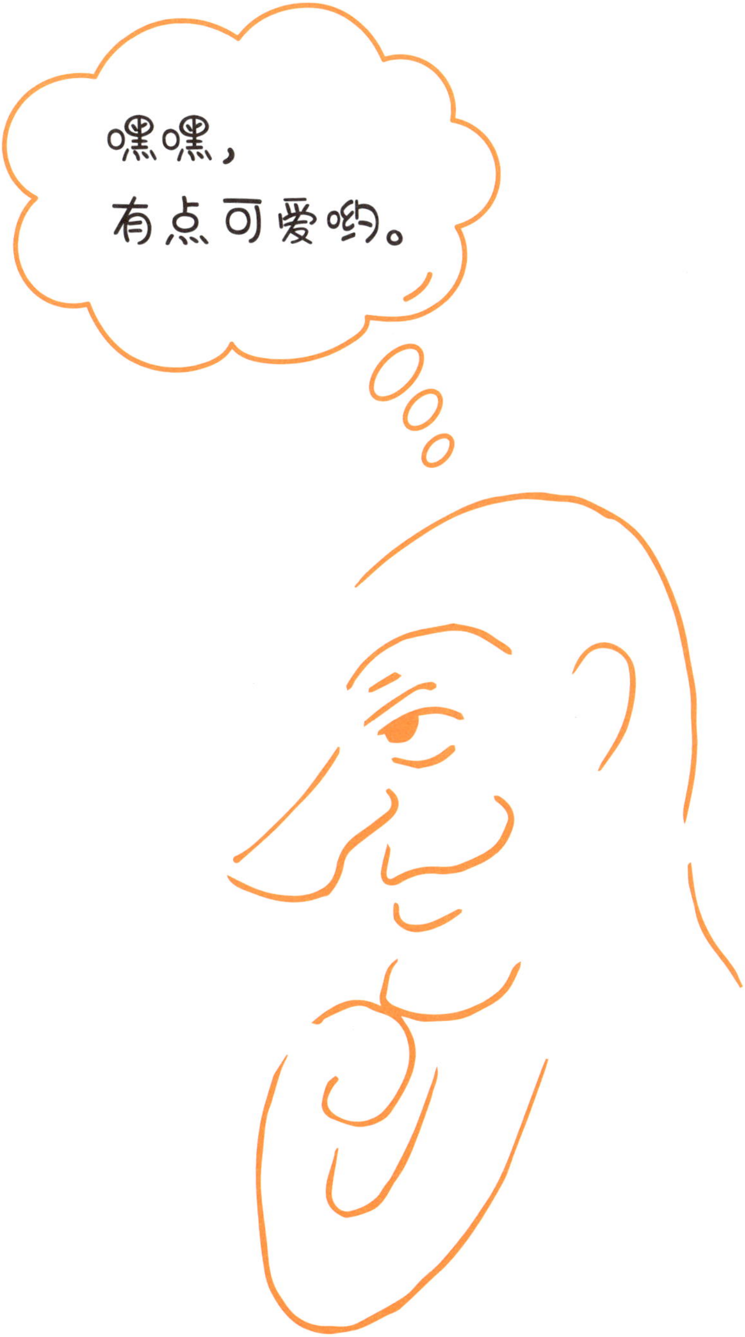
嘿嘿，
有点可爱哟。

韬略贝贝

我高中的第一位班主任是一位昵称叫贝贝的语文老师,她很年轻,刚转来我们学校。

来自乡土社会的
管理哲学

　　我来自河南农村，我们村叫李家庄，大家日出而作，日落而息。我家隔壁住着我舅一家，我舅家隔壁住着我姑一家。

　　在讲授《乡土中国》时，她如是说。从她日后的处事风格中，可以看出她既深谙乡土社会的人情世故，又明白都市生活的规章制度。

　　她表态的三种模式是：点头、"嗯哼"、陈述观点加"是不是这样嗒？"
　　如果有人跟她提及班级治理的建议，责任自负，但相对地，可以学到一节又一节免费且宝贵的管理课。

她对于班级事务往往采取三种策略：无为而治，治大国如烹小鲜，鸣琴垂拱不言而化。这是她佛系的一面。

对于不违纪或至少不公然违纪的行为，她有时采取"三不"对策：不惹事、不反对、不搭理。

所以她麾下的班委在职权范围内有很大的自主余地，但同时也要肩负相应责任。

她的管理措施看似松散，但其中既有妥协与相互理解，也有恰当的制衡。每个班都或多或少鸡飞狗跳，而我们班没出过大乱子。

　　我们班有几个调皮分子，对一体机情有独钟。一天下午课间——

然后讲台上站了一排人，估计是被抓了。

玩游戏！你爸你妈辛辛苦苦养你让你读书，就是为了让你来学校玩电脑的吗？

电委，以后电脑使用记录不许删，我过几天来复查，谁要敢删记录就直接调监控！等会儿来我办公室拿登记簿！

这之后真再没人乱玩一体机了。

有一次，大响发现贾斯汀·比伯《Baby》里的一句歌词
和班主任名字的发音有点像，然后就：

突然看见进来的班主
任，转身就跑。

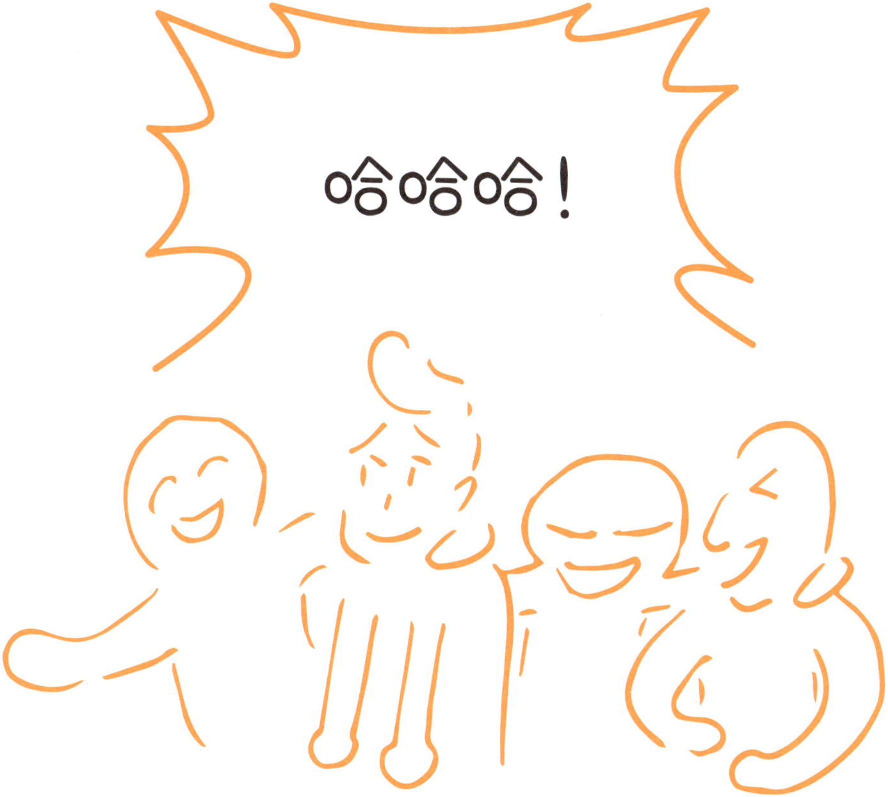
哈哈哈！

还有一次，班里有个脾气暴躁的同学在发火，班主任叫他去办公室，要和他谈谈。

于是有同学跑去吃瓜，
回来汇报实时战况。

我们班主任很少发脾气，但班里有个性的同学都服她。不怒自威也许就是这样吧。

贝贝论互助与自学

对于学习，她有一套自己的理论。

我高中的时候成绩不好，是擦着分数线进的重点高中。

当时我们要求成立学习小组，一组四个人。我的分数虽然低，但所幸还有两位同学的成绩和我半斤八两，我们就成立了一个互助小组，而且希望另一位同学也加入，但她成绩拔尖，果断拒绝。

　　于是我们仨就老老实实跟着老师，互相帮助，而另一位就经常不听课，自己学。

高考结束我们仨一出考场就觉得完了。

结果一出成绩，我们仨都超常发挥，反倒是那个自己学的同学考差了。

我们这所学校不是全市最好的，但肯定也不是最差的。我听说最近有一些同学上课喜欢自学，可能有些老师的授课风格不太对你胃口，但你要面对六门高考科目，还有好几门学考科目。

　　双拳难敌四手，而我们一个科目有一整个教研组来准备，所以老师能教你的，通常比你自学的要多，还是要好好听课呀！

贝贝论早恋

有一次班里有同学早恋被抓现行。

她就在班会上说：

　　我上高中那会儿，每晚学校楼道里乌漆麻黑的，晚自习结束后总会有个老头过来巡逻，他摇一摇手里的铃铛：

别躲了，都出来吧，就当我没看见。

然后就有男女同学成双成对地出来了。

当时我们班有海誓山盟的那种，说要突破万难在一起，结果过了很多年老同学聚会，发现他俩根本没在一起，一个刚刚准备结婚，一个已是孩子妈了。

年少时期的光阴最宝贵，要好好把握机会认真读书，不要因为冲动而荒废了时光。抓紧时间很重要，克服欲望抓紧时间更重要。

贝贝的怀孕与告别

高二下半学期备考最紧张的时候，突然传来消息说班主任已怀孕多时，很快要休产假。

据说当初学校和她签订劳动合同的时候曾写明，合同履行期间不得生育。这在一定程度上侵犯了劳动者的合法权利，但她当时并未就此提出异议。也许，双方早就心照不宣，于是就有了此事。

对于一个国家来说，政策的连续性和稳定性很重要；对于一个班级来说，课程的连续性和稳定性也很重要。一些同学难免产生了怨怼的情绪，家长们也感到迷茫。

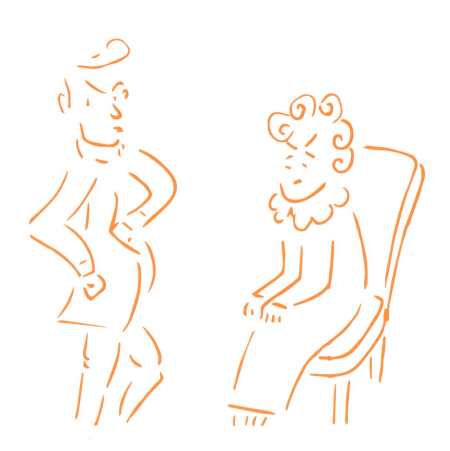

　　不过，她很镇定地安排了后续工作，包括班主任一职，后来也有惊无险地解决了。

那天，她来给我们上最后一节课，她提了一些有趣的问题，但没有人回答。

贝贝当时说了很多发人深省的话，但貌似与考试的关系不大，所以，教室依旧一片沉静。

课后她爱人来接她，大响扒在门边偷瞄了一眼。

哎，我看到她老公了，长得，嗯……挺有智慧的！

石头一脸严肃，眉头紧锁。

哎，石头，我觉得她老公挺帅，跟你一样帅，不，比你还帅！

而羊羊则有些义愤填膺地站起来：

她怎么
还不走？

生活委员赶紧示意她噤声，她一把捂住嘴巴。

这不是我见到贝贝的最后一面。我见到她的最后一面是在图书馆。

她大着肚子，舒适地靠在一把椅子上读书。传言说她和学校达成了一项协议，产后继续回来上课，只不过不教我们班了。

我觉得贝贝如果在合适的团队里发展，很有可能得到提拔，她是那种在一些领域里很容易有影响力的人。

　　我们见了这最后一面，从此人海两茫茫。

有里儿有面儿的
强哥

我高中的第二位班主任是我们的英语老师强哥，在语文老师走后过来主持班务。

真诚出走

　　强哥来自北方某城的省重点高中，据说是学校建校之初花了力气挖来的。说起挖人，相传还有个小插曲：学校当初做动员工作的先遣队员调动了全部的情感游说，当然除了感情，还有薪酬待遇。而这薪酬待遇除了学校提供的，还有正在如火如荼发展的我们这座城市提供的条件。

　　言之凿凿下，形象和性格都很北方的强哥深信不疑而且颇有些感动，在没有等到市里真正发文的情况下，就怀揣一腔热血拖家带口无比坚定地离开了北方。

结果最后正式引才文件做了调整，和他当初的预期有一定出入，而又诉无可诉，同时热爱面子和声誉的个性也不允许他走回头路，他还是留了下来，留下就再也没有离开。

虽然他依旧容易相信他人并豪爽耿直，但某些经历多少创伤了他。

他教导我们：

　　对别人不能事事轻信，口头说的很多东西不一定作数的，将来和别人谈事情，一定要白纸黑字有字据凭证。而且即便有了凭证也要好好考虑对方兑现诺言的可能性。唉，以后你们路还长着呢，凡事不能头脑一热呀……

情怀

　　他对建设一个强有力的学科一直抱有纯粹的热情，并一直付出不懈努力。

　　只是沧海桑田，清醒而理性的认识让他偶有伤感：

　　我们刚建校那会儿，老师们都撸着袖子拼命干，学苗也好，英语高考成绩出来，130分以上的有三分之二，与全市排前几名的重点高中相比，也毫不逊色！现在……

　　他对某些社会现象也很有看法。一天我们在看某位学者的讲座视频。

讲座接近尾声时，该学者开始为他担任校长的学校做招生宣传，同时展示了若干他和多位政商大佬的合影，他显得谦谨恭敬。

　　强哥看完后沉默良久，然后颇有些失落地说：

　　我原本特别敬重他，用你们的话说就是"偶像"！我敬重他有风骨，哎呀，今天……你们知道梦破碎的感觉吗？

关于亲子关系

孩子们哪，你们知道自己现在多幸福，遇到不开心的事可以随时找老师，可以找爸爸妈妈，他们也巴不得你们来交心，而且随时准备好给你们提供帮助。

我小时候，咳，没辙，连肚子都填不饱，跟爸妈还有啥可交流的！我要敢跟我爸急赤白脸，他就会拿扫帚揍我。

哎，你们别笑哇，那时候真是这样，打一顿长记性。你们是幸运的，所以有什么情况要多和爸妈交流。

孩子们哪，你们得理解你们爸妈。高考你们着急，其实你们爸妈更着急，还不能表露出来，怕影响你们情绪，都不容易。我儿子快高考那会儿也焦虑，我也心疼啊，我就跟他说："儿子，压力不要太大，大不了咱再考一次！"

结果他哇的一下就哭了，说："我都这样了，你还诅咒我！"

后来填报志愿，他问我意见，我刚想开口，转念一想，还是说："你自个儿看着办吧，你怎么填，爸妈都支持！"

看到了吧，在高考这当口儿，家长也急呀，还得小心翼翼，所以，你们首先要轻装上阵，不要急，有事慢慢说，要知道体谅父母。

关于人际交往

住宿的同学在寝室闹矛盾，强哥没有评判谁是谁非，而是在班会上找个时间聊聊天。

我上大学那会儿特爱干净，我有一室友就看我不顺眼。他经常穿着很脏的衣服直接躺我床上。

我不说话，他躺一次，我洗一次，洗完我跟他说："我可洗过了呀！"他躺了几回，哎，不躺了。

　　所以呀，有什么事情要学会先退一步，给别人留余地。但事不过三，如果别人要一再无视你的边界，甚至触犯你的底线，那你就直接告诉他："你不能这样！"态度要坚决。我儿子刚就业那会儿，有个同事老欺负他，我就跟他说："让他两回，再踩鼻子上脸，轰他的。"哎，这个用词儿你们别学呀，我只是说这么个理儿！

关于人生选择

强哥对人生的选择有朴实而深刻的理解。

在北方有一个好处，就是你能有很多兄弟，遇上个事儿，嗷一嗓子，就有很多人响应。

但兄弟太多了也有麻烦，比如啥都得凑份子。

一个月单位没给发几个钱儿，孩子读书得留一份，菜钱、饭钱、房贷都得计划好，然后就剩不下多少了，这个时候人就希望把一块钱掰成两半花！结果月底有人要结婚，给你请柬，你就得包个红包，随个份子。

　　好了，最后一点钱也交出去了，然后换来几块奶糖，自己还舍不得吃，要攒下来留给孩子。

所以呀，我们这一代能来东南沿海挺好，虽然依旧没几个钱，但是终于把根扎下来了。我就跟我儿子说，只要能再往上上一个台阶，找一份体面的工作，娶个南方姑娘当媳妇，那就圆满了。

孩子们哪，你们压力不要太大。你们的爸爸妈妈已经奋勇拼搏了很多年，你们是赢在起跑线上的一代！

我们也不是一定要和谁比，能在原来基础上往上迈一步，就是成功！

老派的爱

哎，就算周末只休一天，也要干点事呀！别净睡觉哇！

哎，你俩干啥去，给我回来！当我没长眼睛啊？大考小考都要重视，都是对自己的检验！学校规定的学习时间，都给我老实在教室里自习！

努力是好事，但要加强和同学们的交流，人总脱离群体身心都会发生变化的。

这种变化反倒可能影响你学习。再者说了，咱们做一件事是一件事，上体育课就好好运动，"摸鱼"的不是大老爷们儿，还不如不去呢！是不？

高考那天，考场外面，高三毕业班的诸位老师和许多社会爱心人士列队给考生们送祝福：一举高"棕"的贴纸呀，迷你状元帽哇，还有带着露珠的向日葵呀——

　　而强哥送我们的却是一个别具喜感的平安签，签上画着一位脚蹬滑板的苹果娃娃，画边配字：逢山山移，遇路路开，见的全会，蒙的全对！冲啊！

　　因为签上有字，所以我把它留在了考场外面，等我考完出来，却发现它不见了。可能是在混乱中被碰掉了吧。不过我想，它一定是掉在了开出花的地方。

毕业与尾声

高考结束后，班群寂静。一天，强哥在群里发了一条暑期驾校报名的消息。也就几分钟，强哥就略显羞涩地补充了一条：

唉，对不起呀，头一次在班级群发广告，一是受朋友之托，多年的实在朋友，另一个主要是看到培训费用确实便宜，还车接车送，就想发给孩子们看看。打扰大家了哈！实在不好意思哈！不需要的忽略哈！

强哥这么可爱，他心里也一定一直都有花儿开放呢！

高中时接触了混沌系统理论，这个系统的一个原则是系统中的事物遵循阻力最小途径运行，从而形成隐性的稳定结构，无序的星体便组成美丽的星云……

独立的人会组成分工不同的社群。万有引力存在于各个层面，包括人自己都难以捉摸的人性。

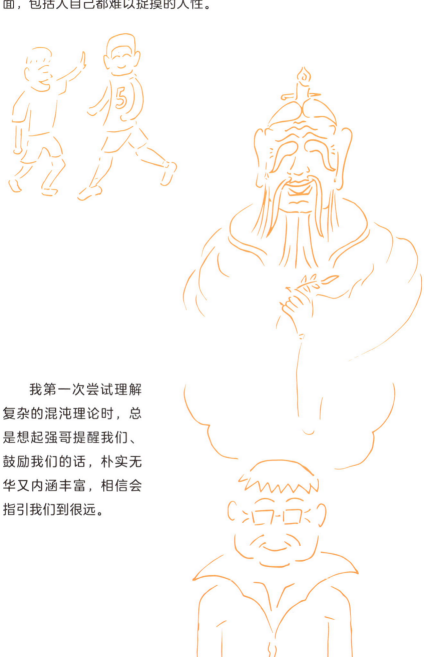

我第一次尝试理解复杂的混沌理论时，总是想起强哥提醒我们、鼓励我们的话，朴实无华又内涵丰富，相信会指引我们到很远。

别开生面的
物理学考课

　　我是文科生，学物理是为了应付学业水平考试，相信有很多选文的同学目的和我一样。
　　所以我们物理学考课的氛围相当轻松，且总有几个"活宝"制造笑料，而我们东北来的物理老师密哥则加深了这种快乐，几个画面尤为经典。
　　（以下错别字皆为口音）

日常第一天

大号，你给我"赞"起来！你当我瞎呀？趴桌上睡，还打鼾！你"似"唯恐我不"资"道"似"咋的？

——老师，我昨晚熬夜学习！

这我知道，你选考科目"层"绩"似"挺好的，但你学考不过也不行啊，"赞"起来清醒一下子。

——哈哈哈！

小号，你笑啥笑？我要不叫大号你睡得比他还香！你也"赞"起来！

——老师，我也熬夜学习！

你学个"匹"，你学了你拿出"屁"绩呀！小三门比不"丧"人家，学考模拟还比人家低，还学！"赞"着！

日常第二天

所以，算出来的值"似"9.8 N！

——呼噜！

大号，你给我"赞"起来！

——老师，我眼睛痛就闭了一下，
你看我都没趴着，没睡！

你没趴着就叫没睡，
你捂着耳朵就能盗铃了是吧？
你要想装你别打鼾哪！
行了！"赞"会儿吧！

——哈哈哈！

噢，小号，把你给忘了！

——啊？
老师，我可没睡！

你"似"挺生龙活虎的。但你作业哪儿"漆"了？

——啊……我落103教室了。（我们学考课走班）

去拿！大号，你作业我也没看着，你跟着他一起去！

下课前五分钟，小号回来了。

——老师，我补好……找到了！

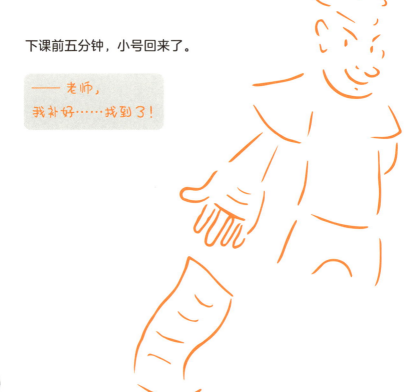

找了一节课"似"吧?
挺能找哇! 没写吧?

—— 补好了。

补好了?
"似"抄好了吧?

—— 哈哈哈!

117

行了，回座位吧！

大号迈着小步也跟进来。

"赞"住！
别想偷溜回座位！
作业呢？

——我是走读生，落家里了。

行！我下课就打电话给你妈，
看你走不走读！

——哎，老师，别呀！

行了，
下不为例，
回去吧！

日常第三天

——哎，你们快看，石头在假寐。

哎哟，你小子睡觉呢！嘿，我怎么没看出来呢？来，再装一个，你要把装样子的心思放学习上，能老考那么点分儿吗？"赞"起来！

——就是就是!
你这一闭眼一睁眼,
一节课过去了,啥也没学到!

大响,
你也"赞"起来!

——老师,
我可是认真听课的!

哎？小葫芦，
你身边那孩子"似"不"似"着了，
你杵杵他。

——啊？
下课了？

不是，
我们这么大动静你居然能睡着！
你起来回答这个问题，
对了就坐下。

——哼！

——就这?

——我不知道!

你不知道还很光荣是吗?
你要不"似"只考18分我都不会叫你!
"赞"着吧!

日常第四天

我发现你们这个组的作业怎么都不交呢？你们"似"个团伙"似"怎么着？谁带头儿的？

——我们人人平等！

嘀？挺能说呀！
你们这组我点点名吧！
小笼、大号、小号，还有谁呀？

——还有大响。

人大响比你们强！

——哈哈!

石头,我知道你也没交,
还想回班儿吗?

——哈哈!

不是,小号你笑啥呀?
你也就交过一回!

——什么一回呀,
是两回!

行，你厉害，有理由吗？

——因为这些作业太简单，
不配让我写！

那你起来给大家解一下这个题。

——额……不会！

一瓶子不满半瓶子晃荡，
"赞"着！

终于要学考了

行了，我也没啥能教你们的了。最后一天，大家有问题自己来问吧。

大号这段时间有进步！聪明孩子学啥都快！

—— 老师，那我呢？

你吧，就冲你这种乐观主义精神，我觉得你应该能拿个D！

—— 谢谢老师！

学考结束，
我们全员通过！

大道至简
龙泉先生

龙泉先生是我高中时期的数学老师。

初次见面，先生就让人想起《龟虽寿》里的那句"老骥伏枥，志在千里。烈士暮年，壮心不已"。

不知是何典故，大家都称他为"龙泉先生"。先生，是大尊称。

先生固"道"

初入高中时候，课外辅导红极一时，且收益颇丰。但众多辅导机构财情并用居然都未能说服先生辞职入伙，据说他——婉拒且态度坚决。

哦，不好意思，不行！

对不起，我都教了三十年书了，习惯了，觉得现在挺好！

嗯，嗯，非常感谢，但真的不行！

他说学校有立校的信仰和使命，而他选择做老师也有他的立场和追求。贫时尚能"乐道"，如今国富民强，更要坚守初衷，岂可随波逐流。

这就是我们的龙泉先生，
对有些事情坚持原则，
宗旨鲜明。

张弛有度

　　学习立体几何的日子，焦虑和困惑笼罩上空。无形的压力下，即便是夜间自习间隙，大家也在拼命做题，先生值班巡视，发现大家题目做得颇为不易。

大响把笔一扔，哭丧着脸对先生说："不做了，这太难了。"

　　先生说："好吧，不做了，大家都休息一下。"
　　先生带领大家来到公共走廊的音乐角，用钢琴给我们弹了一曲《天空之城》。梦想和希望就那样在先生的指尖流出，暖暖地拥抱着我们，连轻拂的风都在诉说爱与勇气。

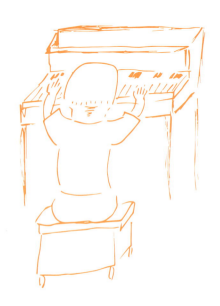

他还用二胡拉了一曲家乡小调，舒缓柔和，瞬间疗愈。小号好奇天天研究数学题的先生如何能熟习如此多的乐器且技艺了得。

我女儿小时候学乐器，最开始学的是二胡，我陪她一起练，中途她嫌难，放弃了，结果我学会了。

后来改练钢琴，练到六级，考学能加的分攒够了，她就不练了，结果我也学会了。说实话，我非常珍惜那些陪练的日子，弹钢琴，是我小的时候想都不敢想的奢望。心怀热爱，就会格外努力。

学习肯定辛苦，但所有的辛苦都终将伴随收获的快乐。要心藏收获的喜悦，而不是把它当成负担。好多事情，其实只要再坚持一点点，结果就常常不一样，数学学习也一样哟。

好了，整理一下心情，我们回去一起看看那些题目……

舒展解压

在复合函数分段特性分析的课堂上，先生看大家一脸懵。

有几位同学甚至绝望到沉沉入睡。

先生清了清嗓子，
适度提高调门。

哦，昨晚，大家都熬夜了吧！
来，起来舒展舒展。

睡倒的几位同学睡眼惺忪，也跟着站了起来。

大家做做深呼吸，来，吸气的时候收紧腹部，这样气就会集中到膈肌，呼气的时候把肚子往下沉，膈肌就会被拉伸，让我们在彻底放松后集中注意力。

来，大家一起来——

呼——

哈——

——呼，哈哈哈。

不要笑，
我们再来一次。

怎么样，清爽了吧？
清爽了我们继续上课。
复合函数分段特性分析是必考内容，
需要……

正弦余弦

在讲解正弦定理与余弦定理互证解题方法的课堂上，先生联想起毕业后就业选择的例子。

我小时候最好的职业是当工人。当了工人就能旱涝保收，还能分房子。

到了二十世纪九十年代，工厂改制，很多工人要重新进行职业选择，然后做生意突然就被认为是抢手的行业了。

而现在，
编制再次成了很多人的理想。

　　从这个层面上说，二十世纪七十年代当工人和现在的考编只是两个时代背景下的职业优选，并无好坏之分，你遵循发展规律进行了选择，获取的只是一个阶段性或区间的正确结果，而放在一个更广泛的视域里，它们都可以被认为是最优解，只是认知的角度不同。

　　工作选择与解数学题异曲同工，就像这道题，用正弦定理或者用余弦定理都是可以解题的呀，就看你选择什么样的路径和沿途风景。

$\sin\theta$

大道至简

高考前一天，先生给我们做考前动员。

  数学是纯真与简约的典范，它自始至终追求的都是删繁就简，寻求最简洁直接的路径来解决最深奥复杂的问题，并最终获得一个经过层层简化的结论，一目了然。

我们之前解数学题，启发各种解题思路相当于看过万千风景，目的是要培养大家学会思维分解，回归简朴和自然。身临大考，最基本的原理、定理一定是解题关键，务必要从原初着眼，统揽全局。

尽管高考时我没能像王阳明雾里看花那样登时悟道，但我们终究在追随龙泉先生学习数学的过程中体会到了求真务实、弃繁就简的人生道理。

嗷斯卡咆哮帝
"震"老师

　　"震"老师是我们高一的地理老师。"震"老师形象鲜明，鲜明到有同学看到"印象漓江""印象……"的时候，脑海中都忍不住浮现"印象'震'"。

"气" 字轩昂

"震"老师好像永远在生气。

他走路时皱着眉头；

坐的时候喘着粗气；

笑的时候苹果肌在打架。

他有着纪律洁癖，有
同学晚自习去扔垃圾——

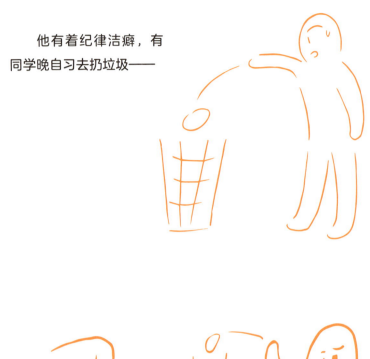

晚自习还没下课，
你怎么敢走动?

有同学没时间吃早饭，在厕所里吃面包。

你不知道校规吗？你怎么敢将食品包装带进教学区？

有同学用了一张办
公室的纸。

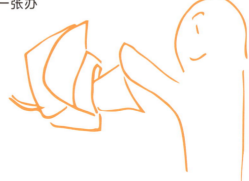

哎，你在干吗？你把纸都用了，老师用什么？

最离谱的是，磊哥是理科扛把子，"震"老师有一天来跟他商量竞赛的事，发现磊哥的"猛男粉"水杯放在桌上。

你在做什么，你看看你干了什么？校规是不是说过茶杯不能带进教室？是不是在小教室后面给你们留了放水杯的地方？

你这是做给谁看的？我们班流动红旗还要不要了？

磊哥一脸尴尬。

然后"震"老师转身就走。

晚自习课间，磊哥去问一下还商不商量竞赛。

出去，
我现在不想和你说话！

第二天磊哥来我们班上走班课，把这事跟大响说了。

大响评论说："他是嫉
妒你的水杯，你的水杯太性
感了，让他自惭形秽。"

我有一次上课喝水被他骂，当时还不服，现在和磊哥一比，
我觉得自己确实风度不够。

大响是个好动的
男孩子，经常调皮捣
蛋。"震"老师肉眼
可见地不喜欢他。

一天早晨出操，大响和大号讲悄悄话，被眼尖的"震"老师给发现了。一下早操，两人就被"震"老师"约谈"了……

平素温和的大号忍无可忍顶了几句，大响则选择忍气吞声挨了顿批。

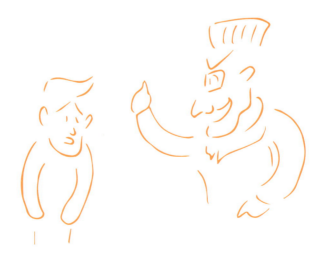

回班后，大响义愤填膺地说："我可真是人善被人欺。"

"震"老师特别喜欢监督早操，这样总能抓住个别迟到或混在人群里捣乱的同学，这也是他"神圣"职责的范畴。

其他像大响这样的同学，也经常会触犯
"震"老师"严谨"的治学规范。
一天上课——

你看天花板干吗呀？看我！

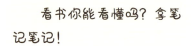

你看我干什么，我脸
上有字吗？看书！

看书你能看懂吗？拿笔
记笔记！

你低头写什么？看黑板！

他还定下了上课前没交作业的同学要罚站的传统。

　　一天上午地理课还没开始，大响把昨晚没完成的作业写好了
交过去。

都快上课了才交，我不要！

——不是你说的课前都可以交的吗?

那我今天定一条新规矩,
当天的作业必须当天交,
过了一晚不要!

还好，"震"老师最后收下了作业。

心备千千喜

因为有几个同学总挨批，所以他们商量了一下，在挨批的时候要怎样才能使自己开心一点。

阿成想了个主意，告诉了大响。

大响在挨骂的时候试了一下，发现管用，跑回来和我们说。

　　——哎！阿成跟我说"震"老师骂人的时候像个瞪大了眼睛的螳螂！我刚挨骂的时候观察了一下，真的好像啊！我差点绷不住哇！哈哈哈！

有同学说，这个故事告诉我们不能在挨老师骂的时候想开心的事情。

后来想螳螂已经不能带来快乐了，于是出现了：

马的版本

羊驼的版本

还有甲鱼的版本

"震"老师大费口舌，结果给我们带来了无穷的欢乐。

因为这"独领风骚"的处世风格，不姓"震"的"震"老师才获得了这个响当当的称号。

也正因此，我不太喜欢"震"老师。

当我得知选周二下午休闲课的报名是由"震"老师负责，我就想反正这课也不重要，不如装不知道，逃过去算了。结果离报名截止日期还差两天的时候，我还是被教导主任抓住了。

没办法，只能和"震"老师正面"对线"了。

碰巧，那天"震"老师刚被校长骂过，还在气头上，于是他从"不守时""考虑问题不周全""耽误别人时间""妨碍别人做事"四个角度对我大加批判。

　　因为逻辑严密，一时间我竟无法反驳。

　　于是我决定换个思路。

我用既温和又坚定的眼神直视他的双眼，直到我从他眼中看到了一丝困惑。

——老师！

你为什么打断我？

——您刚才说什么？我没听清。

——您声音可以放小一点，我有点耳鸣，容易听不清楚。

他不明显地往后缩了一下。

环顾四周,
然后带我去报名了。

悲情高才生

　　某天我们从"震"老师口中得知，他是西西交大的高才生，还是心理学硕士，高考成绩是全省第八十八名！

　　这消息的确让我们有些震惊，好奇全省第八十八名和心理学硕士的含义。

"震"老师给我们上课时，经常补充课外知识。当他发现我们不知道时，嘴角就会不自觉地上扬。

我突然想起鲁迅《孔乙己》中孔乙己教小伙计写"茴"字，显出极惋惜的样子。

我发现，当他这样笑时，眼底有泪花。可能，这些年他活得是真的憋屈。

我从"震"老师身上学到三点：
第一，其身正，不令而行；其身不正，虽令不从。

第二，君子怀德，小人怀土。温柔待人，可以更好地避免怀君子之心的人在行为上像小人。

第三，见不贤而内自省也。当你见到一个让你不爽的人，你就更要管理好自己的情绪，不要累加阴霾并传递下去。

后来市里某重点高中向"震"老师抛出橄榄枝，他离开了。他像面临围城的人，冲进一座城，然后又冲出去。

拍毕业照那天，"震"老师回来了，他变得更黑更瘦。

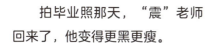

我一时间对他充满同情，正如杨绛先生在《老王》中写到的，"这是一个幸运的人对一个不幸者的愧怍"。

还好，大家长大了。那天有同学迎上前去，引"震"老师站在队伍里。

被同学们簇拥着拍了全家福的他表情欣慰。

球球有话说

　　球球是我们分选考班后的地理老师，她经常会发表"神评论"。

说到城市化

当时觉得日子能过就行，没想到会有城市化，唯一一套房还是在老区！当时市中心就在老区，你能在老区买一套房，别人说你好厉害！

现在城市扩张，高新区房价天天涨，我的房子却一点也没涨！

你看这就是城市次一级中心的力量。

更离谱的是我家在浦东的亲戚。二十世纪八十年代还对我爸妈说你们好有钱哪，可真羡慕你们！

现在我们一过去看他们，他们就用鼻孔看我们，还说你们乡下人哪没见过世面！

我真无语。

可就城镇化发展程度而言，上海确实比我们强。

要早知道这样，二十世纪八十年代我们家也集资在上海包块地，现在我就能做包租婆咧！

所以你们要好好学地理，抓住历史契机，说不定哪天一翻身，能让哈佛牛津毕业的给你们打工。

说到温室效应

二十年前噢，天气也没这么热，我们也不谈什么厄尔尼诺现象、拉尼娜现象，夏天也难熬的，但打打蒲扇也能过得去。

现在夏天你不开空调试试，谁熬得住哇！

这个在城市特别明显，我们叫"热岛效应"。

但凡事你要往好的方面想。

在家里你热得半死开不起空调，你可以说是为了人类碳中和的伟大事业。

夏天法定节假日领导非要你加班，你可以说免费的空调不蹭白不蹭。

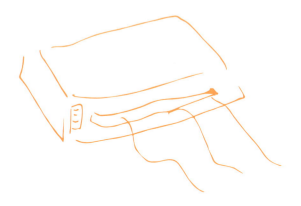

夏天工作没动力，一想到学校有免费空调我就像打了鸡血一样，我希望你们也要有动力！

说到渔场形成

我就像一条胖鱼，躺在宽阔的大陆架上。

我一张嘴，
Mua! Mua! Mua! 真香！

吃完了晒个太阳睡个午觉。

有饵料、有阳光就会有鱼群聚集。不过我发现自己活得还真是不如鱼呀！

你看就像那种清道夫鱼，很丑那种鱼，趴在沙子上每天吃了睡睡了吃，很快乐。或许这说明对生活要求越低就越容易幸福。

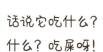

话说它吃什么？
什么？吃屎呀！

那我确实不能那样活！

　　上次我儿子买一条回来跟我说："我买吃屎鱼回来啦！"我还以为他蒙我。

果然，连屎都能吃还有什么要追求的？我们还是做个人吧！

说到冷锋暖锋

冷锋出现时，冷气团就像个大汉子，他说："我冲，我冲，我冲冲冲！"

暖气团就像个小媳妇，她说："我退，我退，我退退退！"

暖锋出现时，暖气团就变成了灭绝师太，她说："我会九阴白骨爪，我抓抓抓抓抓！"

冷气团说："你这么厉害呀！那我退退退退退！"

说到面对高考的态度

　　稳中求进是最好的态度。我那时候高考只有几个省重点的加分保送名额，而我当时是优秀团干部嘛。按理说，本来按成绩应有一个名额是给我的。

　　但是有一个负责相关事情的老师好像看我不顺眼，把名额给了另外一个人。

然后我问她为什么不给我。
她说给了我我也考不上。

你看，
当时我要是慌了，
高考不就真砸了吗？

但是我很稳哪。该吃吃，该睡睡，该学学。

结果最后我比我报的那所省重点高校最低录取分数线高了二十分。

不是我记仇噢。但是，就是成绩放榜了以后噢，那个老师就跟别人说："我早说过嘛，不给她加分，她也能考上的。"

所以同学们，没几天高考了，没什么比稳更重要了！

如果有人打击你，你就跟他说："我爱学习，干卿甚事！"

说到产业变迁

一天她讲产业变迁，突然动情地说：

　　鲁尔区发展重工业的时候，肯定没想到资源会那么快枯竭。但它还有机会进行产业升级。人就不一样了，有一天你以为自己的人生一马平川，只不过是你以为的开始其实已经是巅峰。

然后你一旦有一天和你不了解的人结婚，然后生了孩子，甚至生了二胎，你就会明白生活的辛酸。

哎！我跟你们说这些干什么？

我就最后补充一点。人生的前二十年真的不决定后二十年哟！理性比激情更重要！

说到人口老龄化

当提及人口老龄化，她又动情地说：

都说三十岁是女人一生的分水岭。以前人口老龄化没这么严重的时候，分水岭哪有这么靠前？！

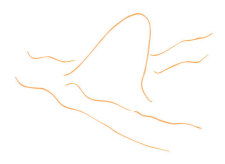

本来我们四十几岁的人被称作壮年。现在却被称作中年！

人到了中年，家里老人要靠你，小孩要靠你，要是你的那位不争气他也要靠你！

到了单位也不敢像年轻时那么气盛，领导给你派多少活你也不敢推……

要是没有下一步具体的工作安排，你在问之前还得反复考虑能不能问。

然后你忙了一天终于下班了，领导突然把下一步安排给你发了过来。那你就只能加班……

然后如果小孩成绩不好，你还得管他的功课……

哎！不说了不说了。

今天早上我进电梯，给我们居民楼打扫卫生的那位"热心"的阿婆问我："怎么这么憔悴？"我说我昨晚加班到后半夜。

她说："你真幸运！"我问为什么。

你们知道她怎么说："你居然还有活干，你这么老！"

我就无语，我知道我头发白了，但也不用她提醒啊！好了，我们继续讲人口老龄化。

说到有效的教学方法

有一天说到什么教学方法有效这个问题。

现在小年轻当老师，动不动就说背背背。

这种老师的教法和我们这种老教师就不一样。

我们老教师讲地理讲求一个逻辑推导，真要你背的不多。

所以如果让我去做一张我没有做过的地理高考卷，满分我做不到，裸分九十五六分的没问题。

像有的年轻老师居然得了满分，
我一看跟标准答案一模一样，
这分明是背的嘛！

但领导他只看分数，
以为这样的老师比我们厉害！
真是，不说了！

说到选专业

快到高考了，她给我们讲了将来选专业的事。

高考成绩固然重要，但没选对专业一样白搭！

我当年选地理，就是被我高中老师坑了！我们上大学以后干什么你们都想不到。

我们就经常穿上耐脏的旧衣服，拿上十字镐、锤子之类的工具，跟着导师包一辆大巴，到采石场去研究石料。

知道的说我们是大学生去科考，不知道的还以为我们是丐帮的呢！

就这样蹲了四年，我好歹是考上了研究生，这才有机会当老师。我大师兄当年连工作都找不到。

当时我就告诉自己，将来一定要好好帮我的学生选专业！

后来我教了一个地理学科素养很好的孩子，我就让他报中国地质大学，之后进地质研究所工作，我相信他有朝一日一定能成为一个大所的负责人！

结果他后来真成为一个研究所的学科带头人。在西北大戈壁，待遇不错，就是好多年才找到老婆！

他走的时候还是个小胖，回来已经是个骨瘦如柴的"小老头"！

我说："孩子，老师也没办法呀！我当年就是吃了专业的亏，哪知道又把你给害了呀！"好在他豁达，还在连绵的艰苦里找到了无穷的乐趣。

所以同学们，将来一定看准专业再选，别因为选错了专业而像很多过来人！

说到文史类早读

高考前五周，学校安排文史类学科早读，她叹曰：

主任又跟我说："政史两科早读早就安排好了，你们地理呢？"我就想说："我安排了有人听吗？"

最开始我说地理背的东西少，推理的东西多，就安排在周五一天吧！

结果我去检查，
发现还是只有背政史的！

我现在天天加班，要管三个选考班一百四十多个同学，觉都没得睡，还要去主任那挨批！然后一检查早读发现又没人读，你们知道我这几周是怎么过来的吗？！

孩子们哪，马上高考了，读读地理吧！

金老师
与"谁都不会少"

金老师是我的政治老师，高中三年，"从一而终"地带我们班。

静水流深

金老师为人朴素，惜字如金，说话向来点到为止。

你如果在群里问她问题，她会给你翔实的答案，然后点出书里没明确指出的地方，让你再去办公室找她复核清楚。

如果你在群里跟她聊闲天，她就会回你一个笑脸，然后就没有然后了。

金老师在大庭广众下讲话也是就事论事，说完即止。

她很少提自己的家人，也不提自己的光辉历史。

如果一定要援引生活中的例子阐述知识点，她一般会用"人生之不如意十有八九"之类的理论，或任何家庭都有可能发生的小纠纷。

我们入校没多久就知道很多老师毕业的院校。

但要是提及金老师，只会有人推测她可能是某个师范院校毕业的。

金老师处世温和，但不怒自威，她从不无故惩罚学生，但所有淘气包都怕她。

甚至连大响有一天都说："我觉得她的眼神好严肃哇！我一看到她腿就软。"

能让大响真诚犯怵，金老师真乃奇女子也！

共同前行

　　金老师的教学让我印象最深刻的是她的分层抽背学习法。

　　抽背的问题常常只是基本知识点，然后她会就抽背的内容延伸出一系列问题，由浅入深，环环相扣。而且针对基础不同的同学，金老师还设计了不同系列，确保每位同学在适度思考之后都会有所收获，甚至达到拨云见日、豁然开朗的效果。有同学开玩笑说"一个都别想逃"。而金老师是全身心地在践行"一个都不能少"。

当然，同众多对政治课充满期待又惴惴不安的同窗一样，我也是在全程经历后才明白金老师的良苦用心。

金老师的抽背让我记忆犹新的有两点：一是成绩链两端的同学被抽背的概率最高，清晰地反正态分布。

比如作为成绩链顶端的大样的同桌省心。

他政治基础颇好，高中第一次
政治期中考试全班第一。

这件事的结果是，他几乎每两节课就会被抽背一次。

他说他好想早点结束
"金色恐怖"时代呀！
　话音未落居然有若干
人附和。

二是位于成绩链中游的同学常常被出其不意地唤起，严格符合测不准原理。

　　比如永远稳居班级中位数的大样。

曾经大样在贴心慰问完心有余悸的省心后禁不住有些窃喜地探讨老金何时会抽他。

　　省心当时愁眉苦脸地说："放心吧！下辈子也不会抽到你的！"

　　结果没有等到下辈子。

　　作为幸运的漏网之鱼，大样轻松愉悦半个月后突然一周内被连续抽到三次。

　　第一次他正有些小同情也有些小确幸地看着站在身边绞尽脑汁的省心。

仓促起立的同时他禁不住小声质询同桌："你不是说下辈子都不会抽我吗？"

——你就老实背吧，身在政治课，谁能逃得过？

——哈哈哈！

孩子，你会吗？

大样之前太过放松，完全没准备过，所以只能急中生智，"正打歪着"。

——老师，
省心那题我会，我来帮他吧！

——不是，
你什么……

连金老师都笑了。

那你把他那题回答了吧。

愉快地答题后本以为可以和省心一同解脱，但结果是大样坐下了，留下凌乱的省心继续思考更为复杂深刻的问题。

第二次被提问时，大样还沉浸在上一堂让人无限惆怅的数学课无法自拔。

金老师如常在他身边经过，但突然停下来帮他打开正在讲解的试卷，让他重复一下她刚刚讲过的一个问题。

　　大样认真地看了看题，又认真地看了看金老师。

这道题你只答对了一半，剩下一半老师刚刚讲了补充的要点。你同意吗？

—— 哦哦，我同意！

—— 哈哈哈！

好了，你先坐下，让后面一位
同学再全面总结一下吧。

大样原本以为不会有的第三次是
在政治学考成绩公布后，他得了
"A"，于是那天上政治课他不禁有
一览众山小的舒爽。

然后上课到中途，金老
师忽然喊他起来分析一道需
要精准融合多个知识点的复
合题。

这只是你的大略解读，我希望你能具体到每个应该涵盖的点，概念更要准确，不能肆意发挥。

——那老师我大体上说得也没错吧?

那要看怎么界定"错"!

当然，你的逻辑思维是好的，但思维的深化需要丰沛知识的积累，而且要日日如新，精益求精。

大样是偷偷做着鬼脸坐下的，用以维护他那还尚有温度的小得意，同时也自嘲式地遮掩那当然逃不过金老师法眼的短板。

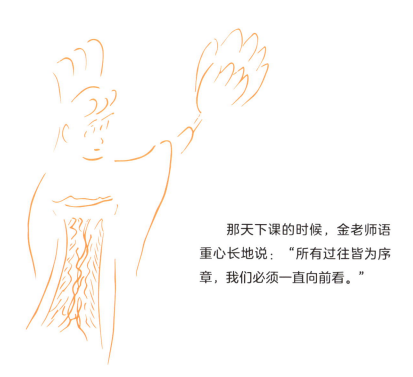

那天下课的时候，金老师语重心长地说："所有过往皆为序章，我们必须一直向前看。"

高考结束后，回想金老师的课堂，她是做到了一个也不能少的。不仅是学习成绩，还有她那身体力行带给同学性情和人品的正向引领。从无烈日炙烤，永远清风徐来，但意味隽永，沁人心脾。

我想，怀念金老师的那些成绩拔尖的同学，应该还会想起那么多经过精心设计环环相扣的"陷阱"问题吧，迫使他们反复对问题进行深度思考，帮助他们更好地提升，同时戒骄戒躁。

就像菩提祖师用戒尺敲打悟空三下，是要他半夜三更去学法术。"玉不琢，不成器"，先敲打，而后传道。

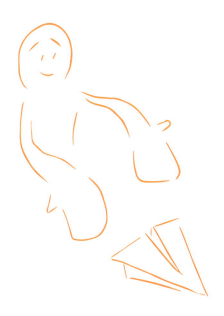

　　想念金老师课堂的也一定包括那些成绩垫底的同学吧，抽丝剥茧，层层递进，没有鄙视责难，永远温柔以待。金老师会说："冲过中考，你就已位列前50%！这足以证明你的能力，只要努力，不要怀疑！"

而对于包括我在内的成绩中游的同学，金老师则保稳求进，时常提醒。

　　就像柳宗元《种树郭橐驼传》里传达的那种固其根本，任其滋长的理念。

在这样的教学策略下，我们不断努力，高考成绩放榜，政治花开，一路烂漫。

　　金秋九月，在绝大多数同窗都已负笈远行的日子，班级群里金老师留言："祝福孩子们永远在线，继行高远。"

图书在版编目（CIP）数据

吾爱吾师 / 郑敦芙著绘 . -- 沈阳：春风文艺出版
社，2024.12.-- ISBN 978 - 7 - 5313 - 6883 - 0

Ⅰ . I267；J228.2

中国国家版本馆CIP数据核字第2024KQ4735号

春风文艺出版社出版发行

沈阳市和平区十一纬路25号　邮编：110003

辽宁新华印务有限公司印刷

责任编辑：王晓娣		助理编辑：刘开鸿	
责任校对：张华伟		封面设计：八　牛	
印制统筹：刘　成		幅面尺寸：145mm × 210mm	
字　　数：90千字		印　　张：8	
版　　次：2024年12月第1版		印　　次：2024年12月第1次	
书　　号：ISBN 978-7-5313-6883-0			
定　　价：59.00元